# Cicéron

# « Le bonheur dépend de l'âme seule »

## Tusculanes, livre V

*Traduit du latin*
*par Émile Bréhier*

Gallimard

Ce texte est extrait du recueil *Les Stoïciens* I (Tel nº 281)

Né en 106 av. J.-C. dans une famille plébéienne du Latium, Marcus Tullius Cicero (*cicero* signifie *pois chiche*; l'un des ancêtres de Cicéron aurait eu une grosse verrue sur le nez) fait des études de droit et de philosophie. En 75, devenu avocat, il se lance dans une série de procès retentissants qui assure sa renommée : en 70, il plaide contre Verrès, gouverneur de Sicile, accusé de détournement de fonds et de pillage d'œuvres d'art (ses plaidoiries sont rassemblées sous le titre *Les Verrines*) ; en 63, il dénonce la conjuration de Catilina (*Les Catilinaires*). Partisan de l'ordre, soucieux de débarrasser la vie politique de la corruption et du népotisme, il est exilé en 58 en Grèce. Revenu en grâce, il est nommé proconsul de Cilicie en Asie Mineure. De retour dans une Rome déchirée par la lutte entre César et Pompée, il prend le parti de ce dernier, sans pour autant se brouiller avec César. Durant l'été 45, il rédige les *Tusculanes* (du nom de sa villa de Tusculum) : cinq livres qui, marqués par les déceptions et chagrins familiaux, portent sur la mort et la souffrance, les passions et la quête de la sagesse. En 44, après l'assassinat de César, il doit de nouveau choisir entre les deux prétendants, Marc Antoine et Octave. Il rédige les *Philippiques*, une violente charge contre Marc Antoine, et est assassiné par ses partisans en 43. Sa tête et ses mains seront exposées sur le Forum romain.

Brillant orateur, il a laissé de nombreux écrits, outre ses plaidoiries : traités de rhétorique, œuvres philosophiques, quelques fragments poétiques et une importante correspondance.

*Découvrez, lisez ou relisez les livres de Cicéron :*

LA RÉPUBLIQUE — LE DESTIN (Tel n° 249)

Le cinquième jour, Brutus, mettra fin aux discussions de Tusculum ; dans cette journée nous avons discuté du sujet qui te tient le plus à cœur. Car je me suis aperçu d'après le livre que tu m'as dédié et auquel tu as mis tant de soin, et aussi d'après beaucoup de tes conversations, que, selon ta conviction, la vertu suffit pour vivre heureux. Bien que cette thèse soit difficile à prouver, à cause des supplices si variés et si nombreux infligés par la fortune, elle est de celles qu'il faut travailler à prouver plus facilement ; car dans toutes les matières traitées par la philosophie, il n'en est pas de plus importante et qui ait plus de grandeur. (2) Car le motif qui

9

a poussé ceux qui les premiers se sont portés à l'étude de la philosophie, c'est de tout laisser pour se placer dans la meilleure condition de vie possible ; et c'est bien avec l'espoir de vivre heureusement qu'ils ont mis tant de soin et de travail à cette étude. S'ils ont découvert et achevé la science de la vertu et si la vertu leur a donné une aide suffisante pour vivre heureux, qui pourrait penser qu'ils n'ont pas eu raison d'instituer le travail philosophique et que nous n'avons pas raison de le reprendre ? Mais si la vertu soumise à des hasards divers et incertains est au service de la fortune et n'a pas assez de force pour se protéger elle-même, je crains qu'il ne faille pas tant s'appuyer sur notre confiance en la vertu dans l'espoir de vivre heureux qu'adresser nos vœux aux dieux. (3) Pour moi, en songeant aux accidents par lesquels la fortune m'a éprouvé, je me mets parfois à douter de la thèse et à craindre la faiblesse et la fragilité du genre humain. Je crains que la nature, qui nous a donné des corps débiles et qui y a joint des maladies incurables et des douleurs intolérables, nous ait donné aussi des âmes qui répondent aux douleurs corporelles et sont engagées de leur côté dans des inquiétudes et des peines qui leur sont propres. (4) Mais je me blâme moi-même d'estimer la force de la vertu d'après la faiblesse d'autrui et peut-être la mienne, et non d'après la vertu elle-même. En effet si seulement il y a une vertu (et l'exemple de ton oncle, Brutus, lève tout doute à ce sujet), elle a au-dessous d'elle tous les accidents qui peuvent atteindre l'homme ; elle les voit de haut et les méprise ; complètement exempte de faute, elle pense que rien ne la concerne qu'elle-même. Nous nous rendons l'adversité plus lourde par la peur quand elle va venir et par le chagrin quand elle est là ; mais nous préférons blâmer la nature plutôt que de condamner notre erreur.

## ÉLOGE DE LA PHILOSOPHIE

II. (5) C'est en tout cas à la philosophie qu'il faut demander de nous corriger de cette faute comme de tous nos vices et de tous nos péchés. Par volonté et par goût j'ai été porté vers elle dès les premiers temps de ma vie ; après avoir subi tant d'accidents pénibles, ballotté par la tempête, je prends refuge dans le port même d'où j'étais sorti. Ô philosophie, guide de la vie, toi qui recherches la vertu et qui chasses les vices, qu'aurait pu être sans toi je ne dis pas ma propre vie mais la vie de tous les hommes ? Tu as enfanté les villes ; tu as rassemblé en une société les hommes dispersés ; tu les as liés entre eux d'abord par leurs demeures, puis par les unions conjugales, enfin par le lien de l'écriture et de la parole ; tu as découvert les lois ; tu es la maîtresse des mœurs et de l'instruction. En toi nous prenons refuge ; à toi nous demandons secours ; à toi nous nous livrons maintenant non pas comme autrefois partiellement mais complètement et sans restriction. Un seul jour, passé comme il faut et selon tes préceptes, doit être préféré à une vie immortelle passée dans le péché. Quel secours aurait pour moi plus d'utilité que le tien, toi qui nous as fait don d'une vie tranquille et nous as enlevé la crainte de la mort ? (6) Tant s'en faut, il est vrai, que la philosophie soit louée autant qu'elle le mérite par son rôle dans la vie des hommes ; négligée par la plupart, elle est même blâmée par beaucoup ; on a l'audace de blâmer cette génératrice de vie et de se souiller d'un parricide ; on est assez impie et ingrat pour accuser celle qu'on devrait respecter, si on avait pu comprendre un peu ce organisés des jeux que fréquentait la Grèce entière ; là, les uns ayant exercé leurs corps venaient chercher la gloire et l'illustration d'une couronne ; d'autres, venus pour acheter ou pour vendre, y étaient conduits par l'appât du gain ; mais il y avait une sorte de visiteurs (et même particulièrement distingués) qui ne cherchaient ni les applaudissements ni le gain, mais qui venaient pour voir et qui examinaient avec grand soin ce qui avait lieu et comment les choses se passaient. De même que tous ceux-là sont partis de leur ville pour la célébration des jeux, de même les hommes venus à cette vie humaine en quittant une autre vie et une autre nature, sont les uns esclaves de la gloire, les autres, de l'argent ; mais il en est de bien rares qui, comptant pour rien tout le reste, observent avec soin la nature ; ce sont eux qu'on appelle amis de la sagesse, c'est-à-dire philosophes ; et de même que, à l'assemblée des jeux, l'attitude la plus digne d'un homme libre est de regarder, sans rien gagner, de même dans la vie, la contemplation et la connaissance des choses l'emportent de beaucoup sur tous les autres travaux.

IV. (10) Mais Pythagore ne se contenta pas

d'inventer le nom, il développa aussi la chose elle-même ; venu en Italie après cet entretien de Phlionte, dans sa vie privée comme dans sa vie publique, il illustra la région qu'on appelle la Grande Grèce par des institutions et des sciences des plus remarquables. Nous aurons peut-être une autre occasion de parler de sa doctrine. Depuis l'ancienne philosophie jusqu'à Socrate, qui avait été l'élève d'un disciple d'Anaxagore, Archélaüs, on traitait des nombres et des mouvements, de l'origine de toutes les choses et de leur retour à l'origine ; on recherchait avec soin les grandeurs des étoiles, leurs intervalles, leur cours et tous les phénomènes célestes. Socrate le premier rappela la philosophie du ciel, lui fit place dans les villes, l'introduisit dans les foyers domestiques et la réduisit à une recherche sur la vie et les mœurs, sur les biens et les maux. (11) Ses manières diverses de discuter, la variété de ses sujets et la grandeur de son génie, immortalisées grâce à la tradition transmise par les écrits de Platon, produisirent plusieurs sectes de philosophes en désaccord entre eux. Parmi elles j'ai suivi de préférence celle dont Socrate, je crois, employait les procédés : dissimuler son opinion propre, délivrer les autres de l'erreur et chercher partout le plus vraisemblable. Cette manière de philosopher, que Carnéade a suivie avec beaucoup de pénétration et d'abondance, a souvent été la mienne ailleurs, et récemment à Tusculum j'ai fait en sorte de mener mon développement d'après elle. J'ai rédigé et je t'ai envoyé dans les quatre livres précédents la conversation tenue pendant quatre jours : le cinquième, nous nous assîmes au même endroit et voici le sujet dont nous discutâmes.

THÈME PROPOSÉ :
SI LA VERTU SUFFIT
À ASSURER LE BONHEUR

V. (12) — A. Je ne crois pas que la vertu suffise pour vivre heureux. — M. Et pourtant c'est ce que croit Brutus, et, si tu permets, je préfère de loin son avis au tien. — A. Je n'en doute pas ; il ne s'agit pas maintenant de savoir combien tu l'aimes, mais quelle est la valeur de l'opinion que j'ai exprimée ; c'est là-dessus que je veux te voir discuter. — M. Donc tu affirmes que la vertu ne

17

suffit pas pour vivre heureux. — A. Je l'affirme absolument. — M. Quoi! pour vivre dans la justice, l'honnêteté et dans l'honneur, en un mot pour vivre bien, la vertu nous donne-t-elle un secours suffisant? — A. Certainement oui. — M. Peux-tu donc dire que celui qui vit dans le mal ne soit pas malheureux ou nier que l'homme qui, d'après toi, vit dans le bien a une vie heureuse? — A. Pourquoi ne le pourrais-je pas? Car même dans les tourments on peut vivre avec justice, honnêteté et honneur, donc vivre bien, pourvu que tu comprennes ce que j'appelle ici «bien»; je veux dire avec fermeté, dignité, sagesse et courage. (13) Voilà des qualités qu'on peut réunir dans le chevalet de torture, sans qu'il puisse y rester le moindre souffle de bonheur. — M. Quoi donc? Le bonheur reste-t-il seul à la porte et au seuil de la prison, tandis que la fermeté, la dignité, le courage et les autres vertus sont amenés jusqu'au bourreau et ne reculent ni devant le supplice ni devant la douleur? — A. Si tu veux avoir un résultat, il te faut chercher du nouveau; car tout ce que tu dis ne m'émeut pas du tout; non seulement ce sont des lieux communs, mais surtout, comme des vins légers qui mélangés à l'eau perdent leur force, on a plus de plaisir à effleurer ces formules stoïciennes qu'à s'en abreuver : ce chœur des vertus qui se place sur le chevalet nous met devant les yeux une image qui a beaucoup de grandeur ; il semble que le bonheur va se hâter de les rejoindre et ne souffrira pas de les abandonner. (14) Mais si l'on ramène l'esprit de ce tableau et de ces images à la réalité véritable, reste cette question toute simple : peut-on être heureux aussi longtemps qu'on est mis à la torture ? Aussi posons maintenant cette question : ne crains-tu pas que les vertus ne réclament et ne se plaignent d'être abandonnées par le bonheur ? si en effet il n'y a pas de vertu sans prudence, la prudence nous fait voir que les hommes de bien ne sont pas tous heureux ; elle a le souvenir de M. Atilius, de Q. Cæpion, de M. Aquilius [1], et (si nous voulons user d'images au lieu de réalité) la prudence même retient le bonheur qui essaye de se mettre sur le chevalet, et elle affirme qu'il n'y a pas d'union possible entre lui et les souffrances de la torture.

1. M. Aquilius, légat en Asie, fut livré à Mithridate qui lui fit couler de l'or fondu dans la gorge. Cépion, accusé, peut-être à tort, de la disparition de «l'or de Toulouse» (106) puis de la défaite d'Orange (105), fut condamné à la confiscation de ses biens et au bannissement.

VI. (15) — M. J'admets facilement ton procédé, bien qu'il ne soit pas équitable de ta part de me prescrire la manière dont tu veux me voir discuter. Mais je te le demande : avons-nous atteint quelques résultats dans les jours précédents ou pensons-nous n'en avoir aucun ? — A. Quelques-uns certes et même beaucoup. — M. S'il en est ainsi, la question est déjà presque réglée et menée à terme. — A. Pourquoi ? — M. Parce que les émotions et les agitations de l'âme, une fois éveillées et entraînées par un penchant irréfléchi, repoussent toute raison et ne laissent pas de place à la vie heureuse. Comment pourrait-on ne pas être malheureux, en craignant la mort ou la douleur, celle-ci souvent présente, celle-là toujours menaçante ? Et si, comme il arrive la plupart du temps, on craint aussi la pauvreté, le déshonneur, l'infamie, ou encore l'affaiblissement du corps et la perte de la vue, ou enfin (ce qui n'arrive pas seulement aux individus, mais souvent à des peuples très puissants) l'esclavage, peut-on être heureux avec de pareilles craintes ? (16) Et si on ne craint pas seulement toutes ces choses pour l'avenir, mais si on a à les supporter et à les subir dans le présent ? Ajoute l'exil, les deuils, la perte des parents : un homme ainsi atteint et brisé par le chagrin peut-il ne pas être très malheureux ? Mais quoi ! l'homme que nous voyons ardent et brûlant de désirs, se portant vers tout avec la violence d'une passion insatiable, ayant une soif d'autant plus avide des plaisirs qu'ils affluent de toutes parts pour l'étancher, ne dira-t-on pas qu'il est fort malheureux ? Et cet autre entraîné par ses caprices, transporté d'une joie futile et irréfléchie, n'est-il pas d'autant plus malheureux qu'il se croit plus heureux ? Donc de même que ceux-là sont malheureux, ils sont par contre heureux tous les hommes qui ne s'effrayent d'aucune crainte, qui ne sont pas rongés par le chagrin, ni brûlés par les désirs, ni transportés d'une joie vaine et amollis dans la langueur des plaisirs. De même qu'on voit le calme en mer lorsqu'il n'y a pas le moindre souffle d'air pour soulever les vagues, de même l'état de l'âme est le repos et la paix, lorsqu'elle n'a aucune passion capable de l'agiter. (17) S'il

21

est un homme qui estime supportables la violence de la fortune et tous les accidents possibles de la vie, qui ne soit atteint ni par la crainte ni par l'inquiétude, qui n'a pas de désir, qu'un vain plaisir ne transporte pas de joie, pourquoi ne serait-il pas heureux? Et si ce sont là les effets de la vertu, pourquoi la vertu par elle-même ne nous rendrait-elle pas heureux?

## NÉANMOINS, ON REPRENDRA
## LE PROBLÈME TOUT DE NOUVEAU

VII. — A. Certes, sur ce point, on ne peut pas ne pas dire que des hommes qui ne sentent ni crainte ni inquiétude, ni désir, ni ces transports de joie dont on n'est pas maître, ne soient pas heureux, je te l'accorde. Quant à l'autre point, il est déjà entamé; car il résulte des discussions précédentes que le sage est exempt de toute passion. (18) — M. Voilà donc une chose faite; la question me paraît près d'aboutir. — A. Bien près en vérité. — M. Pourtant c'est là un procédé de mathématiciens et non de philosophes : quand les géomètres veulent prouver quelque chose, ils prennent pour accordé et approuvé tout ce qui touche à la question dans les propositions prouvées antérieurement ; il ne développe que le point dont ils n'ont pas parlé antérieurement. Les philosophes, quel que soit le sujet dont ils s'occupent, accumulent tout ce qui ressort du sujet, même s'il en a déjà été traité auparavant. S'il n'en était pas ainsi, pourquoi le Stoïcien a-t-il tant de choses à dire quand on lui demande si la vertu suffit au bonheur ? Il lui suffirait de répondre qu'il a prouvé auparavant que rien n'est bon que ce qui est honnête ; cela donné, il en conclut que la vie heureuse est comprise dans la vertu ; et de même que la seconde proposition suit de la première, de même la première suit de la seconde : si la vie heureuse est contenue dans la vertu, rien n'est bon que ce qui est honnête. (19) Pourtant, ils ne procèdent pas ainsi ; car ils écrivent des traités distincts sur l'honnête et sur le souverain bien ; et bien qu'il résulte de ces traités que la vertu a une force suffisante pour produire le bonheur, ils n'en traitent pas moins ce point séparément. Chaque sujet en effet doit être traité avec les arguments et les exhortations qui lui sont propres, et surtout un tel sujet. Prends-y garde : la philosophie, crois-le bien, n'a jamais prononcé une formule plus célèbre, n'a jamais fait une promesse plus féconde et plus importante. Car que déclare-t-elle, dieux bons ? Elle fera en sorte que celui qui aura obéi à ses lois aura toujours des armes contre la fortune, qu'il trouvera en lui-même tous les secours nécessaires à la vie heureuse, de manière à être toujours heureux. (20) Je verrai ce qu'elle peut faire : en attendant j'estime sa promesse à un prix élevé. Car Xerxès, comblé des faveurs et de tous les dons de la fortune, non content de sa cavalerie, de son infanterie, de sa flotte nombreuse, de son immense amas d'or, proposa une récompense à qui aurait inventé un nouveau plaisir ; et cette invention ne le contenta pas ; car le désir ne trouvera jamais ses bornes. Pour moi, je voudrais pouvoir attirer par une récompense l'homme qui apporterait un argument pour renforcer ma croyance en la thèse stoïcienne.

## Y A-T-IL DES BIENS, EN DEHORS DE LA VERTU ?

VIII. (21) — A. Je le voudrais bien aussi ; mais j'ai une petite question à te poser. Je suis de ton avis ; les deux thèses que tu présentes suivent l'une de l'autre : de même que, si l'honnête est le seul bien, il suit que la vie heureuse peut résulter de la vertu, de même, si la vie heureuse dépend de la vertu, il n'y a d'autre bien que la vertu. Mais tel n'est pas l'avis de ton ami Brutus ; s'appuyant sur l'autorité d'Aristus et d'Antiochus, il pense que, même s'il y a un bien en dehors de la vertu, la vie heureuse peut en résulter. — M. Quoi ! tu penses que je vais contredire Brutus ? — A. Oui, me semble-t-il ; car ce n'est pas à moi de conclure d'avance. (22) — M. Nous discuterons ailleurs des conditions de l'accord entre les thèses. Mais sur ce point j'ai souvent été en désaccord avec Antiochus et naguère avec Aristus lorsque, général en chef, je séjournais près de lui à Athènes. Il me semblait qu'on ne pouvait être heureux, si l'on était atteint par des maux ; or le sage peut en être atteint si les douleurs corporelles ou une fortune adverse sont de vrais maux. On disait alors ce qu'Antiochus a écrit plusieurs fois, que la vertu par elle-même pouvait rendre la vie heureuse, mais non pas la plus heureuse possible ; ensuite que l'on désigne les choses d'après la qualité qu'elles possèdent le plus, même si elles ne l'ont que partiellement; tels sont la force, la santé, la richesse, les honneurs, la gloire, jugés par leur qualité, non par la quantité; telle la vie heureuse qui, même si elle est en défaut sur quelque point, a droit à cette épithète si elle est heureuse en grande partie. (23) Il n'est pas nécessaire de débrouiller tout cela, quoique ces formules ne me paraissent pas être bien d'accord avec elles-mêmes; quand un homme est heureux, je ne vois en effet ce qu'il demanderait pour être plus heureux; s'il lui manque quelque chose, il n'est pas heureux; quant à leurs assertions sur les choses désignées et considérées d'après la qualité qu'elles possèdent le plus, il y a des cas où elles sont valables. Mais, puisque, selon eux, il y a trois genres de maux, dirons-nous que, à l'homme atteint par les maux de deux de ces genres, par une fortune adverse et par des douleurs corporelles qui l'écrasent et l'épuisent, il manque peu de choses non seulement pour avoir le bonheur parfait, mais simplement pour être heureux?

IX. (24) La thèse d'Antiochus, Théophraste n'aurait pu la soutenir. Ayant admis que les coups, les supplices, la mise en croix, la destruction de la patrie, l'exil, la perte des parents font beaucoup pour rendre la vie mauvaise et malheureuse, il n'a pas osé prendre un ton élevé et majestueux, avec des pensées si basses et si terre à terre. A-t-il eu raison ? Je ne le cherche pas ; il est en tout cas d'accord avec lui-même. C'est pourquoi je n'aime pas beaucoup qu'on blâme les conséquences, une fois les principes concédés. Or, ce philosophe, qui est le plus distingué et le plus savant de tous, n'est pas fort blâmé quand il parle de trois genres de biens ; mais tout le monde le malmène lorsque, dans son livre intitulé *De la vie heureuse*, il argumente beaucoup pour prouver que l'homme supplicié et mis en croix ne peut être heureux ; c'est dans ce livre, je crois, qu'il dit que « la vie heureuse ne monte pas sur la roue » ; ce ne sont pas tout à fait ses paroles, mais c'en est l'équivalent. (25) Puis-je donc, une fois admis que les douleurs corporelles et les désastres du sort sont de vrais maux, m'irriter quand il dit que tous les gens de bien ne sont pas heureux, parce qu'il peut leur survenir à tous ce qu'il met au nombre des maux? Théophraste est également malmené dans tous les livres et toutes les sectes philosophiques pour avoir loué, dans son *Callistène*, cette phrase : «C'est la fortune non la sagesse qui gouverne la vie.» On dit qu'aucun philosophe n'a prononcé de mot plus lâche; et c'est bien juste, mais je ne vois pas qu'on puisse être plus conséquent. Si en effet tant de biens dépendent du corps, et si, en dehors du corps, tant d'autres dépendent du hasard et de la fortune, n'est-on pas d'accord avec soi-même en disant que la fortune, maîtresse des choses extérieures et des modifications du corps, a plus de pouvoir que la volonté réfléchie? (26) Ou préférons-nous imiter Épicure? Il a souvent des formules très belles : en effet il ne s'inquiète nullement de rester d'accord avec lui-même. Il fait l'éloge de la sobriété; et cela est bien d'un philosophe, mais si c'était Socrate ou Antisthène qui parlaient et non l'homme qui prétend que le plaisir est la fin des biens. Il dit qu'on ne peut avoir une vie agréable, si l'on n'a pas aussi une vie honnête, sage et juste : rien n'est plus noble et plus digne de la philosophie, si l'on ne faisait pas du plaisir la fin de l'honnêteté, de la sagesse et de la justice. Quoi de mieux que cette parole : «La fortune n'a guère de prise sur le sage»? Mais est-ce le même homme qui, après avoir dit que la douleur est non seulement le plus grand des maux mais le seul mal, prétend qu'il peut être accablé par les douleurs les plus violentes dans son corps tout entier en tirant vanité de sa résistance à la fortune? (27) Métrodore exprime la même idée en meilleurs termes : «Je t'ai devancée, fortune, et je me suis rendu maître de toi; j'ai fermé tous les accès par où tu aurais pu approcher de moi» : fort belles expressions si elles étaient celles d'Ariston de Chio ou de Zénon le Stoïcien pour qui il n'y avait d'autre mal que le déshonneur; mais toi, Métrodore, qui a placé tout bien dans le ventre et dans la moelle, qui fait consister le souverain bien dans l'état de bonne santé du corps et dans l'espoir assuré de cet état, as-tu vraiment fermé tout accès à la fortune? Comment serait-ce possible? Car tu peux être dépouillé de ce bien.

X. (28) D'ailleurs les ignorants s'éprennent de ces formules ; et ils sont fort nombreux. Mais un débat pénétrant doit voir non pas ce que l'on dit, mais ce que l'on devrait dire. Par exemple d'après la formule même que j'ai employée, je veux que tous les gens de bien soient heureux, on voit clairement ce que j'entends par gens de bien ; les hommes pourvus et ornés de toutes les vertus, voilà ceux que nous appelons tantôt des sages tantôt gens de bien. Voyons qui nous devons appeler heureux ; ce sont ceux, je pense, qui vivent dans les biens, sans addition d'aucun mal. (29) Par ce mot heureux, quand nous l'employons, nulle autre idée n'est évoquée que celle d'un amas de biens, mis à part de tous les maux. La vertu ne peut atteindre cet état s'il y a un bien en dehors d'elle ; en effet va se présenter une foule de maux (si nous les tenons pour des maux), la pauvreté, l'obscurité, la condition humble, la solitude, la perte des siens, les pénibles douleurs du corps, la perte de la santé, la faiblesse, la cécité, la destruction de la patrie, l'exil, l'esclavage enfin. Ces accidents si nombreux et si graves (et il peut y en avoir encore plus) peuvent se rencontrer chez le sage ; car ils comportent des hasards qui peuvent s'étendre jusqu'au sage. Mais, si ce sont vraiment des maux, comment garantir que le sage sera toujours heureux, alors qu'il peut même les subir tous en un seul instant ? (30) Je ne suis donc pas disposé à accorder à mon cher Brutus ni à nos maîtres communs ni aux anciens philosophes : Aristote, Speusippe, Xénocrate et Polémon, que, après avoir mis au nombre des maux les accidents que j'ai énumérés, ils puissent dire en même temps que le sage est toujours heureux. Et s'ils aiment ce titre de sage, titre insigne et magnifique très digne de Pythagore, de Socrate ou de Platon, qu'ils veuillent bien mépriser toutes ces choses dont l'aspect brillant les séduit, la force, la santé, la beauté, la richesse, les honneurs, les ressources, et tenir pour néant leurs contraires : alors ils pourront déclarer à voix haute qu'ils ne s'effrayent pas des assauts de la fortune ni de l'opinion de la foule ni de la douleur ni de la pauvreté, que tout ce qui compte pour eux est en eux-mêmes et que rien de ce qu'ils tiennent pour des biens n'est hors de leur pouvoir. (31) On ne peut admettre en effet que, tout en usant du langage qui convient à un homme magnanime et supérieur, on mette au nombre des biens et des maux les mêmes choses que le vulgaire : tout ému de ces phrases glorieuses, Épicure se dresse ; lui aussi, si les dieux le veulent bien, est d'avis que le sage est heureux ; il est séduit par l'élévation de l'idée ; mais il ne l'aurait jamais dit, s'il s'était écouté lui-même. Peut-on en effet être moins d'accord avec soi-même qu'en disant que la douleur est le mal suprême ou même le seul et en croyant en même temps que le sage, au milieu des supplices, dira : « Comme c'est agréable » ? Donc les philosophes sont à juger non d'après leurs phrases, prises une à une, mais d'après la continuité et l'accord de leurs pensées.

### OBJECTION ; STOÏCIENS ET PÉRIPATÉTICIENS

XI. (32) — A. Tu m'amènes à être de ton avis. Mais garde-toi de manquer, toi aussi, de conséquence dans ta pensée. — M. Comment ? — A. J'ai lu récemment le quatrième livre de ton traité *Des fins* ; dans ta discussion avec Caton, tu me semblais vouloir montrer (ce que j'approuve fort pour mon compte) que, entre Zénon et les Péripatéticiens, à part la nouveauté des termes, il n'y avait aucune différence. S'il en est ainsi, et s'il est vrai qu'une conséquence de la doctrine de Zénon est qu'il y a dans la vertu un pouvoir suffisant pour rendre la vie heureuse, pour quelle raison ne pas permettre aux Péripatéticiens de dire la même chose? car je crois qu'il faut considérer l'idée et non les mots. (33) — M. Tu plaides contre moi avec des pièces authentiques, et tu prends à témoin ce que j'ai dit parfois ou écrit. Procède ainsi avec d'autres, avec ceux qui discutent en posant d'avance des règles; moi, je vis au jour le jour; je dis tout ce qui frappe mon esprit par sa probabilité; c'est pourquoi je suis seul à être libre. Pourtant, puisqu'il s'agissait tout à l'heure de l'accord des pensées entre elles, je crois qu'il ne faut pas se demander ici si le dogme de Zénon et de son élève Ariston, que l'honnête est le seul bien, énonce une vérité; mais, s'il était véritable, serait-il vrai aussi que le bonheur dépendrait entièrement de la vertu? (34) Aussi accordons à Brutus que le sage est toujours heureux; comment il sera d'accord avec lui-même, c'est à lui de le voir. En vérité qui est plus digne que lui d'une pensée si glorieuse ? Je persiste pourtant à croire que le sage possède le bonheur suprême.

XII. Et si Zénon de Cittium, qui est un étranger ignorant de l'art d'écrire, paraît comme un intrus dans la philosophie ancienne, rattachons à l'autorité de Platon une pensée aussi élevée. Chez lui se trouve souvent cette expression : à part la vertu rien ne peut s'appeler bien. Par exemple, dans *Gorgias*, à une question du sophiste lui demandant s'il ne considérait comme un homme heureux Archélaüs, fils de Perdiccas, qui avait alors une immense fortune, Socrate répond : (35) « Je ne le sais pas ; car je n'ai jamais causé avec lui. — Que dis-tu là ? Ne peux-tu le savoir autrement ? — D'aucune manière. — Alors tu ne peux même pas assurer que le grand roi, le roi de Perse, est heureux ! — Le pourrais-je sans savoir jusqu'à quel point il est instruit et honnête ? — Quoi ! c'est là que tu places le bonheur ? — Oui !

Je crois que les hommes de bien sont heureux et les méchants malheureux. — Archélaüs est donc malheureux ? — Certainement, s'il est injuste. » Te paraît-il mettre tout bonheur dans la vertu ? (36) Et dans l'*Épitaphe*, comment s'exprime-t-il ? « L'homme qui fait dépendre de lui-même tout ce qui concourt au bonheur et ne l'appuie pas sur la bonne ou mauvaise chance des autres, ce qui le soumettrait nécessairement au hasard des succès d'autrui, cet homme s'est préparé la meilleure manière de vivre. Il est tempérant, il est courageux, il est sage ; quant aux autres avantages de la vie et particulièrement quant aux enfants, qu'ils viennent ou qu'ils s'en aillent, il obéira à cet ancien précepte : ne jamais avoir de joies ni de peines excessives, parce que c'est toujours en soi-même que l'on met l'espoir. » (37) C'est de ces paroles de Platon, source auguste et sainte, que va dériver tout mon discours.

## LA PERFECTION NATURELLE

XIII. Par où pourrions-nous mieux commencer que par notre mère commune, la nature ? Tout ce qu'elle engendre, non seulement l'être vivant, mais le végétal né de la terre et tenant à elle par ses racines, doit par sa volonté être parfait en son genre : les arbres, les vignes et les végétaux plus humbles incapables de s'élever bien haut au-dessus du sol, sont, les uns, toujours verts, les autres, dépouillés pendant l'hiver, ont des feuilles grâce à la tiédeur du printemps ; et il n'en est pas qui n'ait assez de vie, grâce à un mouvement intérieur et aux semences contenus en lui, pour produire des fleurs, des fruits ou des baies ; en tous ces êtres tout arrive à la perfection autant qu'il est en eux et si nulle violence ne leur fait obstacle. (38) Plus facilement encore, les bêtes, que la nature a douées de sens, peuvent faire voir la force de la nature ; car elle a voulu des bêtes qui nagent et habitent les eaux, des oiseaux qui jouissent librement du ciel, des bêtes rampantes, d'autres qui marchent, les unes solitaires, les autres rassemblées en troupeaux, les unes sauvages, les autres domestiques, certaines vivant dans des abris souterrains. Et chacune d'elles, gardant sa fonction propre et incapable de passer au genre de vie d'un animal d'espèce différente, persiste dans la loi de nature. Et comme chaque bête a été douée par la nature d'un trait particulier qu'elle conserve comme son bien propre et qui ne la quitte pas, de même l'homme a reçu un caractère particulier, mais bien supérieur, encore que le mot supérieur doive se dire des choses qui admettent quelque comparaison avec les autres. Or l'âme de l'homme, parcelle détachée de l'intellect divin, n'est comparable à aucun être, sinon, s'il est permis de parler ainsi, à Dieu lui-même. (39) Si donc cette âme est cultivée, si l'on a dirigé son regard avec assez de soin pour qu'elle ne soit pas aveuglée par les erreurs, elle devient alors une intelligence parfaite, c'est-à-dire une raison achevée ; et si le bonheur appartient à tout être à qui rien ne manque et qui est en son genre accompli et complet, et si c'est là le propre de la vertu, il en résulte certainement que tous ceux qui possèdent la vertu sont heureux. En cela, je suis d'accord avec Brutus, c'est-à-dire avec Aristote, Xénocrate, Speusippe et Polémon. (40) Mais je trouve encore qu'ils possèdent le bonheur parfait. En effet que manque-t-il pour vivre heureux à l'homme qui est assuré de ses biens propres ? Et comment celui qui n'en est pas assuré pourrait-il être heureux ? Mais on ne peut en être assuré, dès qu'on admet la division des biens en trois parties.

37

## LES BIENS VULGAIRES
## N'AUGMENTENT PAS LE BONHEUR
### DU SAGE

XIV. Comment en effet pourrait-on se fier à sa vigueur corporelle ou à la constance de sa fortune ? Et sans la permanence d'un bien constant et fixe, on ne peut être heureux. Or, qu'y a-t-il de tel en de pareilles choses ? La parole connue du Lacédémonien me paraît se rapporter à elles ; à un commerçant qui se vantait d'avoir envoyé un grand nombre de navires sur tous les rivages de la mer, il dit : « Elle n'est vraiment pas souhaitable, une pareille fortune suspendue à des cordages. » Est-il douteux que rien qui puisse vous être enlevé ne doit être tenu pour un des éléments dont est faite une vie heureuse ? Des parties qui la composent aucune ne doit se tarir, s'épuiser ou périr. Car si l'on craint de perdre quelqu'une d'entre elles, on ne pourra être heureux. (41) Nous voulons en effet, si un homme est heureux, qu'il soit en sécurité, inattaquable, bien protégé et défendu, non point qu'il ait peu à craindre, mais qu'il n'ait pas de crainte du tout. De même qu'on dit sans reproche non pas l'homme qui commet de petits méfaits mais celui qui n'en commet pas du tout, de même on doit tenir pour sans peur non pas l'homme qui a peu de crainte, mais celui qui en est complètement exempt. Qu'est-ce en effet que le courage sinon une disposition de l'âme qui est non seulement l'endurance quand on aborde les dangers, le travail et la douleur, mais qui est aussi bien éloignée de toute crainte ? (42) Il n'en serait certes pas ainsi si le bien ne consistait dans la seule honnêteté. Comment pourrait-on posséder cette sécurité souhaitée et recherchée avant toute chose (j'appelle pour le moment sécurité cette absence de peine en quoi consiste le bonheur), dans le temps où de nombreux maux vous atteignent ou peuvent vous atteindre ? Comment seraient possibles cette élévation et cette hauteur d'où l'on tient pour peu de chose les accidents qui peuvent arriver à l'homme (ce sont là les qualités que nous voulons trouver dans le sage), à moins de penser que tous les biens sont logés en nous-mêmes ? Comme Philippe menaçait les Lacédémoniens dans une lettre de les empêcher de faire ce qu'ils voulaient, ils lui demandèrent s'il les empêcherait de mourir. Un pareil courage n'est-il pas bien plus facile de le trouver dans l'homme dont nous sommes en quête que dans une ville entière ? Et si au courage dont nous parlons s'ajoute la tempérance qui est la régulatrice de toutes les émotions, que pourrait-il manquer pour vivre heureux à un homme que son courage protège contre le chagrin et la crainte et que la tempérance détourne des désirs et ne laisse pas se livrer à des transports de joie exagérés ? Je montrerais que la vertu a bien cet effet, si je n'avais développé ce point les jours précédents.

XV. (43) Puisque les passions font la vie malheureuse et leur apaisement la vie heureuse, puisqu'il y a deux sortes de passions, la peine et la crainte consistant en opinions sur les maux, le plaisir et le désir consistant en une erreur sur les biens, et puisque ces opinions sont toutes en contradiction avec la réflexion et la raison, hésiteras-tu à dire qu'il est heureux l'homme que tu vois libre et affranchi de troubles aussi graves, discordants même entre eux et tiraillés en tout sens ? Or, c'est là l'état du sage. Donc le sage est toujours heureux. De plus tout bien est cause de joie ; ce qui est cause de joie doit être recommandé et préféré ; ce qui est tel est aussi cause de gloire ; mais ce qui est cause de gloire est digne d'éloges ; or ce qui est digne d'éloges est honnête ; donc ce qui est bien est honnête. (44) Mais ce que nos adversaires mettent au nombre des biens ne fait pas partie, ils l'avouent eux-mêmes, des choses honnêtes. Donc il n'y a de bien que l'honnête ; d'où il résulte que la vie heureuse dépend de l'honnêteté seule. Donc il ne faut pas appeler bien ni tenir pour tels ce que l'on peut posséder en abondance tout en étant très malheureux. (45) Hésites-tu à croire qu'un homme remarquable par sa santé, sa force, sa beauté, l'intégrité et l'acuité de ses sens..., ajoute encore si tu veux l'agilité et la rapidité ; donne-lui encore des richesses, des honneurs, des com-mandements, du pouvoir, de la gloire ; si donc un tel homme est injuste, intempérant, peureux, d'une intelligence faible ou nulle, hésiteras-tu à le dire malheureux ? Que sont donc ces biens, dont la possession n'empêche pas d'être très malheureux. Comme un tas de grains est fait de grains de même espèce que lui, prends garde que la vie heureuse doit être faite de parties sem-blables à elle-même. S'il en est ainsi, le bonheur doit être fait des biens, c'est-à-dire de choses honnêtes exclusivement ; si les biens sont mélangés à des choses d'espèce différente de la leur, l'honnête ne pourra en résulter ; et, sans lui, que pourrait-on entendre par bonheur ? Et en effet ce qui est bon est désirable ; ce qui est à désirer est à approuver ; ce qui est à approuver, doit être tenu pour bien venu et bien accueilli ; donc le mérite doit aussi lui être attribué ; s'il en est ainsi, il doit être digne d'éloges ; donc le bien est toujours digne d'éloges. D'où il résulte que l'honnête est le seul bien.

### LES BIENS VULGAIRES
### ET LES « PRÉFÉRABLES »

XVI. (46) Si nous ne maintenons pas ce point, il y aura bien des choses que nous devrons appeler des biens. Je ne parle pas des richesses ; puisque n'importe qui peut les posséder, si indigne qu'il soit, je ne les mets pas au nombre des biens ; en effet le bien est de ces choses que le premier venu ne peut posséder. Je ne parle pas non plus de la noblesse, du renom qu'on peut avoir auprès du peuple et qui naît de l'accord des imbéciles et des méchants. Mais voici de très petites choses qu'on doit pourtant appeler des biens : des dents blanches, de jolis yeux, un teint agréable, et ce qu'Anticlée loue chez Ulysse en lui lavant les pieds, «la douceur de la parole, la souplesse du corps». Si nous y voyons des biens, qu'y aura-t-il dans les graves pensées du philosophe qui soit supérieur en noblesse à ce que l'on voit dans les opinions du vulgaire et dans la foule des sots? (47) Mais, dira-t-on, les Stoïciens appellent *préférables* et *mises en avant* ce que vous appelez des biens. Ils le disent à la vérité; mais ils nient qu'ils soient des éléments du bonheur. Les autres pensent qu'il n'y a pas de bonheur sans eux ou, du moins, de bonheur parfait.

### THÈSE DE SOCRATE : LE BONHEUR DÉPEND DE L'ÂME SEULE

Nous, nous voulons qu'il y ait un bonheur parfait, et notre thèse s'appuie sur une célèbre déduction de Socrate; voici en effet comment raisonnait le prince des philosophes : «Telle est la manière d'être de chacun, tel est l'homme; et tel est l'homme, tel est son langage; or ses actes ressemblent à son langage et sa vie à ses actes.»

Or l'état de l'âme chez un homme de bien est louable ; donc la vie de l'homme de bien aussi est louable, et puisqu'elle est louable, elle est honnête. D'où on conclut que « la vie des gens de bien est heureuse ». (48) Et en effet, j'en atteste les dieux et les hommes, ne sait-on pas assez par nos précédentes discussions (ou bien n'est-ce que par plaisir et pour passer le temps que j'ai pris la parole ?) que le sage est toujours exempt de cette agitation que j'appelle passion, que dans son âme règne la paix la plus profonde ? Un homme modéré, énergique, sans peine ni chagrin, sans transport de joie ni désir passionné n'est-il pas heureux ? Or le sage est toujours tel, donc toujours heureux. D'ailleurs, comment un homme de bien pourrait-il ne pas rapporter tous ses actes et toutes ses pensées à ce qui est digne d'être loué ? Or il les rapporte tous au bonheur ; le bonheur est donc digne d'être loué ; or il n'y a rien de louable sans la vertu ; le bonheur est donc l'effet de la vertu.

XVII. (49) Et voici encore une preuve : dans

44

une vie malheureuse, il n'y a rien à célébrer ni à vanter, non plus que dans une vie qui n'est ni heureuse ni malheureuse. Il y a une vie dans laquelle on trouve des choses à célébrer, à vanter et à divulguer ; par exemple Épaminondas dit : «Grâce à mes conseils, j'ai coupé courtî aux éloges qu'on décernait à Sparte» ; ou l'Africain : «Depuis l'endroit où le soleil se lève, au-dessus du Palus Méotide, il n'est personne dont les actes puissent s'égaler aux miens.» (50) S'il en est ainsi, la vie heureuse est à célébrer, à vanter et à divulguer ; car il n'est rien autre qui soit à célébrer et à divulguer. Cela posé, tu vois la conséquence ; à moins que la vie heureuse ne soit aussi la vie honnête, il y aurait nécessairement une chose qui vaudrait mieux que le bonheur. Alors il y aurait une chose supérieure au bonheur ! Que peut-on dire de plus extravagant ? Quoi ! quand on avoue que les vices ont le pouvoir de produire le malheur, ne faut-il pas reconnaître qu'il y a autant de pouvoir dans la vertu pour produire le bonheur ? En effet les contraires ont des conséquences contraires.

(51) Ici, je me demande quel sens peut avoir la « balance » de Critolaüs ; en mettant sur un des plateaux les biens de l'âme et sur l'autre les biens du corps et les biens extérieurs, il pense que le premier plateau s'abaisserait tellement qu'il creuserait la terre et la mer.

XVIII. Qui l'empêche donc, lui ou Xénocrate, le plus noble des philosophes, alors qu'il exalte tellement la vertu, en réduisant et en rabaissant tout le reste, de placer dans la vertu non seulement la vie heureuse mais la vie parfaitement heureuse ? S'il n'en est pas ainsi, la vertu sera perdue. (52) Car, qui éprouve le chagrin doit aussi éprouver la crainte, qui est l'attente inquiète d'un chagrin à venir ; avec la crainte, lui arrivent l'effroi, la timidité, la peur, la lâcheté, si bien qu'il est parfois vaincu et qu'il ne pense pouvoir s'appliquer ce précepte d'Atrée : « Donc qu'ils disposent tout dans leur vie pour ne pas connaître la défaite. » Il sera vaincu, ai-je dit, et non seulement vaincu mais asservi. Or nous voulons que la vertu soit toujours libre, toujours invaincue ; sinon, c'est la suppression de la vertu. (53) D'ailleurs si la vertu offre assez de secours pour une vie honnête, elle suffit aussi pour une vie heureuse. La vertu suffit au moins pour vivre en homme courageux, et, dans ce cas, aussi pour montrer de la grandeur d'âme, pour ne s'effrayer jamais de rien et n'être jamais vaincu. Il s'ensuit qu'elle n'éprouve pas de regret, qu'il ne lui manque rien, qu'elle ne rencontre pas d'obstacle ; en tout il y aura donc abondance, plénitude, prospérité, donc bonheur. (54) En effet comme les gens irréfléchis, même après avoir atteint l'objet de leurs désirs, ne pensent jamais avoir obtenu assez, de même la sagesse se contente toujours du présent et n'éprouve jamais de regret.

OPPOSITION ENTRE LE SAGE
ET L'INSENSÉ ; EXEMPLES

XIX. Pense à l'unique consulat de C. Lælius qu'il obtint après avoir essuyé d'abord un refus (si, quand il s'agit d'un homme sage et honnête comme lui écarté par les suffrages, ce n'est pas plutôt l'honnête consul qui se refuse au peuple, plutôt que ce peuple futile ne se refuse au consul) ; aimerais-tu mieux, si tu en avais le pouvoir, être une fois consul comme Lælius, ou quatre fois comme Cinna[1] ? (55) Je ne doute pas de ce que tu vas me répondre ; je sais bien pour qui je fais cette comparaison. Je ne poserais pas la même question à n'importe qui ; un autre pourrait en effet répondre qu'il préfère non seulement quatre consulats à un seul, mais une seule journée de Cinna aux vies entières de beaucoup d'hommes célèbres. Lælius n'aurait pu toucher du doigt un citoyen sans être puni. Mais Cinna donna l'ordre de décapiter son propre collègue, le consul Cn. Octavius ainsi que P. Crassus, L. César, très nobles personnages, dont la vertu était reconnue dans la paix comme dans la guerre, Marc Antoine, l'homme le plus éloquent que j'ai entendu, C. César en qui je vois un modèle de politesse, d'esprit, de douceur et de bonne grâce. Est-il donc heureux, l'homme qui a commis ces meurtres ? Pour moi, je le crois

1. C'est-à-dire de manière illégale.

48

malheureux non seulement d'avoir agi ainsi, mais de s'être arrangé pour qu'il lui fût permis d'agir ainsi... Bien qu'il ne « soit permis » à personne de faire le mal ; c'est là une faute de langage ; nous disons que ce qui « est accordé » à quelqu'un, lui « est permis ». (56) Enfin, C. Marius était-il plus heureux alors qu'il partagea la gloire de la victoire sur les Cimbres avec son collègue Catulus (qui était presque un autre Lælius, à qui, à mon avis, il ressemble beaucoup) ou lorsque, vainqueur dans la guerre civile, il répondit avec colère aux supplications des parents de Catulus : « Qu'il meure » ? En quoi Catulus qui a obéi à cette parole abominable est-il plus heureux que Marius qui a donné un ordre si criminel ? Car non seulement il vaut mieux subir l'injustice que la commettre, mais il est préférable de devancer un peu la mort qui approche, comme l'a fait Catulus, plutôt que d'effacer, comme l'a fait Marius, le souvenir de ses six années de consulat et de déshonorer ainsi les dernières années de sa vie.

XX. (57) Denys fut tyran de Syracuse pendant quarante-deux ans, ayant pris le pouvoir à vingt-cinq ans. Quelle beauté il donna à sa ville, de quelles ressources il l'enrichit, mais sous quelle servitude il la tint opprimée ! D'ailleurs les bons auteurs qui ont écrit sur lui font connaître que, avec une extrême sobriété dans sa manière de vivre, avec beaucoup d'ardeur et d'application dans le maniement des affaires, c'était pourtant un être malfaisant et injuste par nature. Aussi, à voir nettement la vérité, doit-on penser qu'il était très malheureux. Alors même qu'il se croyait tout-puissant, il n'atteignait pas l'objet de ses désirs. (58) Né de parents honnêtes et d'une famille honorable (bien que les traditions sur ce point diffèrent entre elles), largement pourvu d'amis de son âge et intime avec beaucoup de ses proches, ayant autour de lui, à la manière des Grecs, un cortège d'adolescents, il ne se fiait à personne ; il avait comme gardes du corps des esclaves qu'il avait choisis parmi les serviteurs des riches et à qui il avait enlevé le titre d'esclaves, ainsi que des étrangers et des barbares féroces. Ainsi, à cause de son injuste passion pour le pouvoir, il s'était enfermé lui-même en prison. Bien plus, pour ne pas confier son cou au barbier, il apprit à ses filles à le raser. Ainsi des filles de roi faisaient un vil métier de servantes et, comme des barbières, coupaient la barbe et les cheveux de leur père. Et pourtant, quand elles grandirent, il leur défendit de toucher au fer, et il décida qu'elles lui brûleraient la barbe et les cheveux avec des cosses de noix chauffées.

(59) Il avait deux épouses, Aristomaché, sa concitoyenne, et Doris de Locres ; quand il venait chez elles, il faisait d'abord examiner minutieusement toutes choses. Il avait entouré sa chambre à coucher d'un large fossé, et il avait fait faire un petit pont de bois pour le traverser ; et, après avoir fermé la porte de sa chambre, il enlevait même ce pont. Il n'osait pas siéger sur l'estrade habituelle, et c'est du haut d'une tour qu'il haranguait ordinairement le peuple. (60) Voulant jouer à la balle (ce qu'il faisait souvent et avec goût) et enlevant sa tunique, on dit qu'il confia son épée à un tout jeune homme qu'il aimait. Comme un de ses familiers avait dit en plaisantant : « Vraiment, tu lui confies ta vie »,

et comme le jeune homme avait souri, il ordonna de les faire périr tous les deux, l'un parce qu'il avait montré un moyen de le tuer, l'autre parce qu'il avait approuvé ces paroles par son rire. Et cet acte lui causa une telle douleur qu'il n'en éprouva jamais de plus pénible dans sa vie; en effet il avait tué un être qu'il avait ardemment aimé. Ainsi se partagent en sens contraire les désirs des faibles; quand on obéit à l'un, il faut résister à l'autre. (61) D'ailleurs le tyran lui-même a porté un jugement sur son propre bonheur.

### L'ÉPÉE DE DAMOCLÈS

XXI. Comme Damoclès, un de ses flatteurs, lui parlait en conversation de ses richesses, de ses ressources, de la grandeur de son pouvoir, de son opulence et de la magnificence des demeures royales et qu'il disait que personne n'avait jamais été plus heureux que lui, il lui dit : «Veux-tu, Damoclès, puisque ma vie te plaît tant, y goûter toi-même et faire l'épreuve de ma fortune?» Damoclès ayant dit qu'il le désirait, il le fit placer sur un lit d'or, couvert d'un très beau tapis paré de superbes broderies à sujet ; et il fit orner les crédences de vaisselle d'or et d'argent ciselé. Alors, sur son ordre, des esclaves choisis, d'une grande beauté, se tinrent près de la table, et, attentifs au moindre signe, faisaient le service. (62) Il y avait des parfums et des couronnes ; on brûlait des aromates ; les tables étaient chargés des mets les plus exquis. Damoclès se croyait un homme heureux. Au milieu de ces somptuosités, Denys fit abaisser une épée suspendue au plafond par un crin de cheval, de façon qu'elle s'approchât du cou de cet heureux homme. Aussi il n'avait plus de regard pour les beaux serviteurs ni pour l'argenterie d'art ; il n'étendait plus sa main sur la table ; et les couronnes glissaient de sa tête. Finalement, il pria le tyran de lui permettre de s'en aller, parce qu'il ne voulait plus être heureux. Denys paraît-il avoir fait connaître suffisamment qu'il n'y a pas de bonheur pour l'homme sur qui la crainte est toujours suspendue ? Et il n'était même plus maître de revenir à la justice, de rendre aux citoyens leur liberté et leurs droits ; à l'âge imprévoyant de l'adolescence, il s'était tellement embarrassé dans ses crimes et en avait commis de tels qu'il n'aurait pu s'en dégager, si même il avait recouvré la raison.

## SOLITUDE DE DENYS

XXII. (63) Combien il désirait des amis, tout en redoutant leur infidélité, il l'a bien fait voir à propos de deux fameux Pythagoriciens ; il avait accepté que l'un d'eux réponde pour l'autre, qui était condamné à mort ; l'autre était venu à propos, pour libérer son répondant, à l'heure qu'il avait fixée pour mourir. « Puissé-je, dit Denys, m'adjoindre à vous comme troisième ami ? » Comme il était malheureux de n'avoir aucune relation amicale, d'être privé de convives à ses repas et de toute conversation familière, pour un homme cultivé dès l'enfance dans les arts libéraux ! Nous savons qu'il travaillait beaucoup à la musique et composait des tragédies, bonnes ou non, cela n'importe pas, car en cette matière surtout, je ne sais pourquoi, chacun juge belles ses propres œuvres, et jusqu'ici aucun poète (et pourtant je suis en relation amicale avec Aquinius) qui ne se croie le meilleur de tous ; ainsi vont les choses : « Tu aimes ce qui vient de toi, et moi ce qui vient de moi » ; mais pour revenir à Denys, il ne menait pas la vie civilisée d'un homme ; il vivait avec des fugitifs, des criminels et des barbares ; il n'était nul homme digne de la liberté ou désireux d'être libre en qui il vît un ami pour lui.

## SUITE DES EXEMPLES : ARCHIMÈDE

XXIII. (64) Avec une pareille vie, la plus affreuse, la plus misérable, la plus détestable que je puisse imaginer, je ne vais pas comparer celle de ces savants et de ces sages que sont Platon et Archytas ; dans la même ville, bien des années après, vivait un homme de naissance obscure, Archimède, connu pour les figures tracées sur le sable avec sa baguette, dont je vais réveiller le souvenir. Étant questeur, j'ai recherché son tombeau qui n'était pas connu des Syracusains et qui, selon eux, n'existait même pas ; il était entouré et couvert de buissons et de broussailles. J'avais dans la mémoire quelques ïambes sénaires qui d'après la tradition étaient gravés sur le monument ; ils faisaient connaître que, sur le haut du tombeau, avait été placée une sphère avec un cylindre. (65) En parcourant tout du regard (car il y a abondance de tombeaux près de la porte Achranide), j'aperçus, s'élevant à peine au-dessus des broussailles, une petite colonne, où étaient dessinés une sphère et un cylindre. Je dis aussitôt aux Syracusains (j'avais avec moi les personnages principaux de la ville) que je pensais avoir trouvé cela même que je cherchais. Beaucoup d'hommes envoyés avec des faux nettoyèrent la place et la rendirent accessible. (66) Quand le chemin nous fut ouvert, nous nous approchâmes de la base de la colonne, en face de nous ; on y voyait une inscription en petits vers dont les parties finales, presque la moitié, étaient rongées. Ainsi la cité la plus noble de la Grèce, autrefois aussi la plus savante, aurait ignoré le tombeau du plus profond de ses citoyens, si un homme d'Arpinum ne le leur avait fait connaître. Mais ramenons notre discours au point d'où il s'est égaré : de tous ceux qui ont quelque commerce avec les Muses, c'est-à-dire avec la civilisation et avec la science, qui n'aimerait pas mieux être ce mathématicien que ce tyran ? Si nous cherchons leur manière de vivre et d'agir, nous voyons l'esprit de l'un nourri par la réflexion et la recherche des raisons, avec toute la joie qu'on trouve dans l'invention spirituelle, où les âmes trouvent la plus douce des nourritures ; l'autre vit au milieu des meurtres, des injustices, dans une peur qui ne cesse ni jour ni nuit. Compare-lui encore Démocrite, Pythagore, Anaxagore : quel royaume, quelles richesses préféreras-tu à leurs études et à leurs plaisirs ? (67) C'est dans la partie la meilleure de l'homme que doit être situé ce que tu cherches, à savoir le meilleur. Or qu'y a-t-il de meilleur dans l'homme qu'un esprit pénétrant et bien fait ? Il faut donc profiter de ce qu'il y a de bon en lui, si nous voulons être heureux ; or ce qu'il y a de bon dans l'esprit, c'est la vertu ; donc la vie heureuse doit dépendre de lui. Aussi tout ce qu'il y a de beau, d'honnête, d'excellent (je l'ai dit ci-dessus, mais il faut développer l'idée davantage) est source de joie ; et comme il est clair que le bonheur résulte de la constance et de la plénitude de la joie, il suit qu'elle résulte de l'honnêteté.

XXIV. (68) Mais pour ne pas nous contenter de formules pour atteindre ce que nous voulons montrer, il faut mettre en avant des motifs capables de nous diriger vers une connaissance et une intelligence plus complète de la chose. Supposons un homme éminent dans les arts les plus nobles ; donnons-lui pour quelque temps un génie remarquable, car il est difficile que la vertu accompagne les esprits médiocres ; que ses goûts le poussent à la recherche de la vérité. De là viendront dans l'âme trois fruits, l'un consistant dans la connaissance et l'interprétation de la nature ; le second, dans la détermination de ce qui est à rechercher ou à éviter ; le troisième, dans l'appréciation des conséquences logiques et des contradictions, qui permet non seulement la sagacité dans la discussion mais la vérité dans les jugements. (69) Quelle joie doit finalement ressentir l'âme d'un sage qui vit, même la nuit, dans ces pensées ! Quand il aura contemplé les mouvements et les révolutions du monde dans son ensemble ; quand il aura vu des étoiles innombrables attachées à la voûte céleste participer au mouvement de celle-ci, parce qu'elles sont fixées à des places déterminées, tandis que sept d'entre elles ont chacune leur trajectoire propre, étant très différentes l'une de l'autre par leur éloignement ou leur proximité de la terre, bien que leurs mouvements errants déterminent des trajectoires invariables et régulières, — la vision de tous ces phénomènes a poussé et engagé les sages anciens à pousser plus loin leurs recherches. Partant de là, ils ont cherché les principes et comme les germes d'où sont nées toutes choses, l'origine de chaque espèce d'êtres, animés ou inanimés, muets ou parlants, leur vie et leur mort, leur changement et la transformation les uns dans les autres, l'origine de la terre, les raisons de son équilibre, les cavités qui portent les mers, pourquoi tout ce qui est sur elle tend toujours par sa pesanteur à gagner le centre du monde, qui est le point le plus bas sous la voûte du ciel.

XXV. (70) Pour l'âme qui agite ces pensées et réfléchit jour et nuit, est faite le genre de connaissance prescrite à Delphes par le dieu, la connaissance de l'esprit par lui-même et la conscience de son union avec l'esprit divin, qui la remplit d'une joie dont elle ne se lasse pas. La réflexion même sur la puissance et la nature des dieux éveille le désir d'imiter leur éternité ; l'âme ne se croit pas réduite à cette vie si brève, quand elle voit les causes des choses liées les unes aux autres et enchaînées par la nécessité ; leur cours se poursuivant d'éternité en éternité est pourtant réglé par une raison et par un esprit.

## LE SAGE CONNAÎT L'ÉTHIQUE

(71) Contemplant et recueillant toutes ces choses, ou plutôt faisant le tour de toutes les parties et de toutes les régions du monde, avec quelle tranquillité revient-il à considérer les choses humaines et terrestres ! De là naît la connaissance de la vertu dont éclosent les espèces et les parties ; on découvre la fin supérieure que la nature a en vue dans les biens, et quelles sont les derniers des maux ; à quoi il faut rapporter les devoirs et quelle manière de vivre il faut choisir. Grâce au développement de ces thèmes et de thèmes semblables, nous arrivons le mieux qu'il est possible au résultat qui fait l'objet de cette discussion, à savoir que la vertu suffit par elle-même au bonheur.

(72) Vient la troisième partie de la philosophie, celle qui imprègne la sagesse en tous ses éléments ; c'est celle qui définit les choses, les divise en espèces, rattache les conséquences aux principes, détermine les raisonnements parfaits, discerne le vrai et le faux ; c'est la méthode et la science de la dialectique. D'elle on tire un grand profit pour apprécier les choses, et surtout un plaisir noble et digne du sage.

## SOCIABILITÉ DU SAGE

Mais c'est là le fait du loisir. Le sage doit aussi le quitter pour s'occuper des affaires publiques. Qu'y a-t-il de plus important que d'employer sa prudence à distinguer où est l'intérêt général des citoyens, sa justice à ne rien en détourner dans l'intérêt de sa propre famille, et d'utiliser ses autres vertus si nombreuses et si variées ? Ajoutez le fruit qu'il tirera de l'amitié ; en elle les philosophes trouvent non seulement un accord et

61

une entente presque complète sur le but de toute la vie, mais un extrême agrément dans les jouissances de l'esprit et la vie de chaque jour. Que manque-t-il à une telle vie pour être plus heureuse ? Elle est remplie de tant de sujets de joie que la fortune elle-même doit lui céder. Si le bonheur consiste à être satisfait de ces biens de l'âme, c'est-à-dire des vertus, et si les sages en sont satisfaits, il faut bien avouer qu'ils sont toujours heureux.

RAPPEL DE L'OBJECTION :
LE BONHEUR DU SAGE
BRAVERA-T-IL LE SUPPLICE ?

XXVI. (73) — A. Même dans les tourments et les supplices ? — M. Croyais-tu que je voulais dire qu'ils étaient sur un lit de violettes et de roses ? Sera-t-il permis à Épicure qui a pris seulement le masque d'un philosophe et s'en est décerné à lui-même le titre de dire (j'applaudis d'ailleurs à ce qu'il dit, à considérer la chose comme elle est) qu'il n'y a aucune circonstance où le sage, fût-il brûlé, torturé, mutilé, ne puisse s'écrier : «Comme tout cela n'est rien pour moi!», alors surtout qu'il définit le mal par le plaisir, qu'il se moque de ce que nous appelons honnête ou déshonorant, qu'il nous fait passer pour des gens séduits par les mots et déversant des sons vides de sens, enfin que rien ne doit nous toucher qu'une sensation corporelle agréable ou pénible, — sera-t-il permis, dis-je, à cet homme, dont le jugement est à peu près celui des bêtes, d'oublier ce qu'il est, de mépriser la fortune, alors qu'il met au pouvoir de la fortune le bien et le mal, de dire qu'il est heureux dans les tourments et dans les supplices, alors qu'il a décidé que la douleur était non seulement le plus grand mal, mais même le seul mal? (74) Et pour supporter la douleur, il ne s'est pas préparé ces remèdes que sont la fermeté d'âme, le sentiment de honte devant le déshonneur, l'exercice et l'habitude de la résignation, la rigueur virile; mais il prétend se satisfaire du seul souvenir des plaisirs passés; c'est comme si ayant trop chaud et supportant mal les fortes chaleurs, on voulait se rappeler qu'un jour, dans notre terre d'Arpinum, on s'est vu entouré de rivières gelées. Je ne vois pas en effet comment les plaisirs passés peuvent calmer les maux présents. (75) Mais puisqu'il dit que le sage est toujours heureux, bien qu'il ne lui soit pas permis de l'admettre, s'il veut être d'accord avec lui-même, que doivent faire ceux qui pensent que rien n'est à rechercher ni à tenir pour bien, à part l'honnête ? Que, à mon instigation, même les Péripatéticiens et les anciens Académiciens abandonnent leurs expressions obscures ; qu'ils osent dire ouvertement et clairement que la vertu descendra jusque dans le taureau de Phalaris.

### RAPPEL DE LA THÉORIE
### DES « PRÉFÉRABLES »

XXVII. (76) Admettons en effet qu'il y a trois espèces de biens (pour me dégager maintenant des subtilités stoïciennes dont j'ai usé, je le sais, plus que de coutume) ; soit donc trois espèces de biens, pourvu que les biens externes et les biens du corps soient placés très bas et ne soient appelés biens que parce qu'ils sont à choisir au lieu de leurs contraires ; les biens de l'autre espèce sont divins ; ils se déploient largement jusqu'à toucher le ciel ; celui qui les a atteints, pourquoi l'appellerais-je seulement heureux et non parfaitement heureux.

## D'APRÈS LE CONSENTEMENT UNIVERSEL, LA DOULEUR N'EST PAS UN MAL

Le sage, dit-on, redoutera la douleur. Mais il n'est pas du tout d'accord avec cette opinion ; car nous le voyons assez armé et préparé, d'après les discussions des journées précédentes, contre sa propre mort et celle des siens, contre le chagrin et les autres passions de l'âme. La douleur paraît être, dit-on, l'adversaire le plus violent de la vertu ; c'est elle qui dirige contre la vertu ses brandons ardents ; c'est elle qui menace d'affaiblir le courage, la grandeur d'âme, la résignation ; (77) elle fera donc succomber la vertu, le bonheur du sage et de l'homme qui vit d'accord avec lui-même va lui céder la place. Quelle honte, dieux bons ! Les enfants ne gémissent pas sous la douleur des coups quand ils sont fouettés. J'ai vu moi-même à Lacédémone des troupes de jeunes gens se battre avec les poings et les pieds, se déchirer des ongles, se mordre enfin et tomber inanimés avant de s'avouer vaincus. Quel pays barbare est plus étendu ou plus sauvage que l'Inde; dans cette nation pourtant ceux qu'on tient pour les sages passent leur vie tout nus et supportent sans douleur les neiges du Caucase et la violence de l'hiver; et quand ils sont en contact avec les flammes, ils subissent les brûlures sans gémir. (78) Les femmes de l'Inde, à la mort de leur mari, rivalisent entre elles pour qu'on juge laquelle a le mieux aimé son mari; selon la coutume en effet, chaque homme a plus d'une épouse; celle qui l'a emporté, toute joyeuse et escortée des siens, est placée sur le bûcher à côté de son mari; celle qui est vaincue est dans l'affliction et se retire. Jamais la coutume n'aurait pu vaincre la nature, qui, elle, est toujours invincible; mais nous avons une âme pleine d'ombres, de mollesse, d'oisiveté, de paresse et de lâcheté; nous la laissons fléchir par la séduction des opinions et des mauvaises coutumes. Qui ne connaît la coutume des Égyptiens? Leurs âmes ont beau être remplies des erreurs les plus absurdes, ils subiraient la torture plutôt que de toucher à un ibis, à un serpent, à un chat, à un chien ou à un crocodile ; et même si par imprudence ils l'avaient fait, ils ne se refuseraient pas à en subir le châtiment. (79) Je parle des hommes ; mais les bêtes ! Ne subissent-elles pas le froid, la faim, les longs parcours à travers monts et forêts ? Ne combattent-elles pas pour leurs petits au point d'endurer les blessures et de ne craindre ni les attaques ni les coups ? Je ne parle pas de tout ce que supportent les ambitieux pour atteindre les honneurs, ceux qui aiment les éloges pour la réputation, les amoureux pour satisfaire leur passion. La vie est pleine de pareils exemples.

## LE BONHEUR DU SAGE
### RÉSISTERA AUX SUPPLICES

XXVIII. (80) Mais mettons un terme à ce discours, et revenons au point d'où je me suis détourné. Le bonheur, dis-je, ira jusque dans les supplices ; accompagnant la justice, la tempérance et surtout le courage et la grandeur d'âme, elle ne s'arrêtera pas à la vue du visage du bourreau ; toutes les vertus sont parties pour le supplice sans que l'âme ressente aucune crainte, et le bonheur ne restera pas en arrière en deçà des portes et du seuil de la prison, comme je l'ai dit. Qu'y aurait-il de plus malséant, de plus indigne que de rester seul, séparé du beau cortège des vertus ? Cela est de toute manière impossible : les vertus ne peuvent persister sans le bonheur, ni lui sans les vertus. (81) C'est pourquoi elles ne lui permettront pas d'hésiter, elles l'entraîneront avec elle, quels que soient la douleur et le supplice où on les conduira. Le propre du sage en effet c'est de ne rien faire qu'il ait à regretter, de ne rien faire malgré lui, d'agir toujours avec noblesse, constance, dignité et honneur, de n'attendre avec certitude aucun événement futur, de ne s'étonner d'aucun accident comme s'il semblait inattendu et nouveau, de rapporter tout à sa volonté, d'être stable dans ses jugements. Moi du moins, je ne puis concevoir un état plus heureux. Les Stoïciens rendent à la vérité cette conclusion facile, (82) en soutenant que la fin des biens est de s'accorder avec la nature et de vivre en conformité avec elle ; puisque cela est non seulement du devoir du sage mais aussi en son pouvoir, il suit nécessairement que, ayant le souverain bien en son pouvoir, il est aussi le maître du bonheur. La vie du sage est donc toujours heureuse. Voilà ce que je pense être dit de plus fort sur la vie heureuse, et actuellement aussi de plus vrai, à moins que tu n'apportes quelque chose de mieux.

### LES AUTRES DOCTRINES, MALGRÉ LES APPARENCES, S'ACCORDENT SUR CE POINT AVEC LE STOÏCISME

XXIX. — A. Je ne puis rien apporter de mieux ; mais il est une chose que j'aurais plaisir à obtenir de toi, si cela ne t'ennuie pas et puisque aucun lien ne t'attache à une doctrine déterminée mais que tu recueilles en toutes ce qui t'affecte le plus par son apparence de vérité ; tu paraissais tout à l'heure conseiller aux Péripatéticiens et à l'Ancienne Académie d'oser dire librement et sans réserve que les sages sont toujours parfaitement heureux ; je voudrais savoir comment, selon toi, ils peuvent le dire en restant d'accord avec eux-mêmes. Car tes paroles autant que les raisonnements présentés par la doctrine stoïcienne sont contraires à cette opinion. (83) — Usons donc de cette liberté dont nous seuls

Académiciens avons le droit d'user en philosophie ; nos paroles n'aboutissent elles-mêmes à aucun jugement ; elles indiquent tous les côtés d'une question, afin que les autres puissent juger par eux-mêmes, sans être liés par aucune autorité. Tu parais vouloir que, quels que soient les dissentiments des philosophes au sujet des fins, la vertu soit une aide suffisante pour atteindre le bonheur ; c'est cela même que Carnéade, nous le savons, avait coutume de soutenir ; mais il le soutenait contre les Stoïciens, qu'il mettait toujours beaucoup d'ardeur à réfuter et contre la doctrine de qui son esprit se passionnait ; pour moi je traiterai la question avec calme. (84) Mais cherchons d'abord chacune des opinions des autres philosophes, pour voir si ce dogme très beau sur la vie heureuse peut s'accorder avec toutes les opinions et toutes les doctrines.

CLASSEMENT DES DOCTRINES

XXX. Voici les opinions en vigueur soutenues au sujet des fins. D'abord quatre opinions simples ; celle des Stoïciens : il n'y a d'autre bien que l'honnête ; celle d'Épicure : il n'y a de bien que le plaisir ; celle d'Hiéronyme : il n'y a de bien que l'absence de douleur ; celle que Carnéade défendait contre les Stoïciens : il n'y a d'autre bien que de jouir de biens primordiaux de la nature, soit de tous ces biens, soit des plus grands. (85) Voilà donc les opinions simples, et voici les mixtes : il y a trois espèces de biens : ceux de l'âme qui sont les plus grands, puis ceux du corps et, en troisième lieu, les biens extérieurs ; ainsi parlent les Péripatéticiens et presque de la même façon, les anciens Académiciens ; Dinomaque et Calliphon ont réuni le plaisir à l'honnêteté ; Diodore le Péripatéticien a adjoint l'absence de douleur à l'honnêteté. Telles sont les opinions qui se maintiennent avec quelque stabilité ; car celles d'Ariston, de Pyrrhon, d'Herillus et de quelques autres ont disparu. Voyons à quels résultats elles peuvent arriver, en laissant de côté les Stoïciens, dont je crois avoir assez défendu l'opinion.

## LES PÉRIPATÉTICIENS

À la vérité, j'ai exposé aussi la cause des Péripatéticiens : sauf Théophraste et ceux qui l'ont

71

suivi, ils ont la faiblesse de redouter et de craindre la douleur ; il est permis aux autres de faire ce qu'ils font, d'exalter la noblesse et la dignité de la vertu. Après l'avoir élevée jusqu'au ciel (ce qu'ils font avec abondance parce qu'ils sont éloquents), ils n'ont pas de peine, par comparaison, à écraser tout le reste de leur mépris. Quand ils disent que l'action méritoire doit être recherchée malgré la souffrance, il ne leur est pas permis de nier que, si l'on y arrive, on est heureux ; même si l'on subit encore quelques maux, l'expression *heureux* s'applique à cet état.

XXXI. (86) Car de même qu'un commerce est dit lucratif ou un labour profitable, non pas parce que celui-ci est exempt de toute perte ni parce que celui-là échappe toujours au désastre d'une tempête, mais parce que, dans l'un et dans l'autre, il y a une grande part de réussite, de même une vie peut être dite heureuse, non pas si elle est en tout comblée de biens, mais si les biens l'emportent en nombre et en valeur.

(87) Donc, suivant leur doctrine, le bonheur accompagnera la vertu même jusqu'au supplice ; il descendra avec elle dans le taureau, Aristote, Xénocrate, Speusippe et Polémon en sont garants ; il ne sera détruit ni par les menaces ni par les flatteries et n'abandonnera pas la vertu. Ce sera aussi l'opinion de Calliphon et de Diodore, qui, l'un et l'autre, sont assez à l'honnêteté pour penser que tout ce qui est privé d'elle doit être placé bien loin en arrière.

## ÉPICURE, HIÉRONYME, CARNÉADE

Les autres me semblent être plus à l'étroit ; ils se tirent tout de même d'embarras : je dis Épicure, Hiéronyme, et ceux qui ont le souci, s'il y en a, de soutenir la doctrine abandonnée de Carnéade. Il n'est personne qui ne fasse l'âme juge des biens véritables et qui ne la forme à pouvoir mépriser les biens ou les maux apparents. (88) Car la cause qui te semble être celle d'Épicure, sera aussi celle de Hiéronyme et de

Carnéade, et, par Hercule! de tous les autres. Qui d'entre eux en effet ne s'est pas préparé à la lutte contre la mort ou la souffrance?

## EXAMEN DE LA DOCTRINE
## D'ÉPICURE : LA DOULEUR

Commençons, si tu veux, par l'homme que nous traitons d'efféminé, le voluptueux Épicure. Quoi! crois-tu qu'il craint la mort ou la souffrance, lui qui appelle heureux le jour de sa mort, qui, ressentant les plus grandes souffrances, les contient par le souvenir et le rappel de ses propres découvertes. Et sa conduite n'est pas d'un homme qui parle inconsidérément au gré des circonstances. Son opinion sur la mort en effet est que l'âme se dissout et que la conscience s'éteint; et il juge que, étant privé de toute conscience, cet état ne nous concerne en rien. Il a aussi des opinions arrêtées au sujet de la douleur; il compense son intensité par sa brièveté et sa longueur par sa faiblesse. (89) En quoi, avec leur grandiloquence, les Stoïciens ont-ils une meilleure attitude qu'Épicure envers ces deux objets, qui sont cause de la plus grande angoisse? Contre les prétendus maux, Épicure et les autres philosophes ne semblent-ils pas assez préparés? Qui ne redoute la pauvreté? Et pourtant pas un philosophe ne la craint.

## LA PAUVRETÉ

XXXII. Comme Épicure lui-même se contente de peu! Personne n'a autant parlé de la vie simple. Et en effet puisqu'il est bien éloigné de tout motif de désirer l'argent, de l'amour, de l'ambition, des dépenses quotidiennes auxquels la richesse doit subvenir, pourquoi aurait-il un grand désir d'argent, ou plutôt pourquoi en aurait-il souci? (90) Le Scythe Anacharsis aurait pu tenir l'argent pour néant, et nos philosophes ne le pourraient pas? Voici les termes de la lettre d'Anacharsis : «Anacharsis à Hannon, salut. J'ai pour vêtement la peau en usage chez les Scythes, pour chaussure le cal de mes pieds; pour lit, la terre; pour assaisonnement, l'appétit; je me nourris de lait, de fromage et de viande. Aussi c'est chez un homme tranquille que tu viendras si tu viens me voir. Quant aux cadeaux, auxquels tu te plais, fais-en don à tes concitoyens ou aux dieux immortels. » Presque tous les philosophes de toute doctrine, sinon ceux que leur nature vicieuse a détournés de la droite raison, auraient pu être dans le même état d'esprit. (91) En voyant une grande quantité d'argent et d'or portée dans un cortège, Socrate dit : « Que de choses je ne désire pas ! » Comme les envoyés d'Alexandre avaient apporté à Xénocrate cinquante talents, ce qui en ce temps-là et surtout à Athènes était une somme considérable, il les emmena dîner à l'Académie ; et il leur fit apporter seulement le nécessaire sans aucun superflu. Et comme ils lui demandaient le lendemain à qui il voulait faire compter l'argent, il leur dit : « Quoi ! ne vous êtes-vous pas aperçu par mon petit dîner d'hier que je n'avais pas besoin d'argent ? » Mais ayant vu leur mécontentement, il accepta trente mines pour ne pas paraître faire fi de la générosité du roi. (92) Plus librement encore, Diogène répondit en cynique à Alexandre, qui lui demandait de lui dire de quoi il avait besoin : « Pour le moment ôte-toi un peu de mon soleil » ; car Alexandre l'empêchait de se réchauffer. Il avait coutume de soutenir que sa manière de vivre et sa fortune étaient bien supérieures à celles du roi des Perses ; rien ne lui manquait, tandis que le roi n'avait jamais assez ; il ne désirait pas les plaisirs dont celui-là pouvait se rassasier ; et quant à ses plaisirs à lui, le roi ne pouvait aucunement y atteindre.

## CLASSIFICATION ÉPICURIENNE
### DES DÉSIRS

XXXIII. (93) Tu sais, je crois, comment Épicure a distingué les espèces de désir ; ce n'est peut-être pas très subtil, mais c'est utile ; il y a d'une part les désirs naturels et nécessaires ; d'autre part les désirs naturels et non nécessaires ; enfin ceux qui ne sont ni naturels ni nécessaires. Les désirs nécessaires peuvent être satisfaits à bon compte ; car la nature même fournit des richesses ; pour la seconde espèce de désirs, il n'est pas difficile, pense-t-il, ni de les satisfaire ni de s'en abstenir ; pour les troisièmes, puisqu'ils sont vains, puisqu'ils ne s'attachent ni au nécessaire ni même à la nature, il pense qu'il faut les rejeter complètement. (94) À ce sujet les Épicuriens discutent beaucoup ; ils rabaissent l'un après l'autre la valeur des plaisirs correspondant aux espèces de désirs qu'ils admettent, et n'en cherchent que la quantité. Ainsi les plaisirs sexuels, dont ils parlent fort longuement, sont d'après eux communs, faciles, accessibles à tous ; si la nature les réclame, il faut les mesurer non pas à la naissance, à la situation ni au rang, mais bien à la beauté, à l'âge, à l'extérieur ; il n'est pas difficile de s'en abstenir si notre santé, notre fonction ou notre renom le demandent, et, d'une manière générale, c'est un genre de plaisirs souhaitable, s'il n'y a pas d'obstacle, mais nullement utile.

## LE PLAISIR D'APRÈS ÉPICURE

(95) Toutes les prescriptions d'Épicure sur le plaisir amènent à cette règle qu'il faut toujours souhaiter et rechercher le plaisir pour lui-même, parce qu'il est plaisir, et toujours éviter la douleur, parce qu'elle est douleur ; c'est pourquoi le sage doit les mettre en balance, de façon à éviter le plaisir, s'il doit produire une douleur plus grande, et à accueillir la douleur, si elle produit un plaisir plus grand ; et bien que les plaisirs soient appréciés par les sens corporels, ils sont

tous pourtant en rapport avec l'âme ; (96) c'est pourquoi le corps en jouit aussi longtemps qu'il le sent présent ; mais l'âme, outre qu'elle perçoit sa présence en même temps que le corps, en prévoit la venue, et ne le laisse pas partir une fois qu'il est passé. Ainsi, il y aura toujours chez le sage des plaisirs continuels qui s'enchaînent, puisque l'attente des plaisirs espérés est liée à la mémoire des plaisirs qui ont été perçus.

CONSÉQUENCES
DE LA THÉORIE ÉPICURIENNE
DANS LA VIE QUOTIDIENNE :
LE LUXE DE LA TABLE

XXXIV. (97) Ils font, sur le régime de vie, des remarques analogues ; ils rabaissent la valeur des repas magnifiques et coûteux, parce que la nature se contente de peu de bien-être. Et en effet qui ne voit que, en tout cela, l'assaisonnement véritable, c'est le besoin ? Lorsque Darius, dans sa fuite, buvait de l'eau bourbeuse et souillée par les cadavres, il dit qu'il n'avait jamais bu avec autant de plaisir ; c'est qu'il avait toujours bu sans avoir soif. De même Ptolémée avait toujours mangé sans avoir faim ; dans un voyage en Égypte, où il abandonna sa suite, on lui donna dans une ferme un morceau de pain grossier, et rien ne lui parut jamais meilleur que ce pain. On rapporte que Socrate, s'étant promené à grands pas jusqu'au soir et questionné sur les raisons de cette marche, répondit qu'il faisait ainsi provision d'appétit pour mieux dîner. (98) Et ne voyons-nous pas la nourriture servie aux Lacédémoniens dans les Phidities ? Denys le tyran, après y avoir dîné, dit qu'il n'avait eu aucun plaisir à manger le fameux brouet noir, qui était le principal du repas ; le cuisinier qui l'avait préparé lui dit : « Ce n'est pas étonnant ; les assaisonnements manquaient. — Quels assaisonnements ? dit-il. — La fatigue à la chasse, la sueur, la course depuis l'Eurotas, la faim et la soif ; tels sont les assaisonnements des repas lacédémoniens. » Et cela peut se voir non seulement dans la coutume des hommes mais chez les bêtes ; car pourvu qu'on leur présente un aliment qui réponde à leur nature, elles ne cherchent pas davantage. (99). Des cités entières, instruites par la coutume, se plaisent à l'épargne comme je viens de le dire de Lacédémone. Xénophon parle de l'alimentation des Perses ; il dit qu'ils n'ajoutent rien au pain sinon du cresson. Et pourtant si la nature exige un traitement moins sévère, que de fruits naissent de la terre et des arbres, aussi faciles à se procurer que d'un goût excellent ! Ajoute l'absence d'humeurs qui est la suite de cette sobriété dans le manger ; ajoute encore le bon état de santé. (100) Songe, en comparaison, aux gens qui transpirent, qui vomissent, qui se remplissent de nourriture comme des bœufs bien gras, tu verras alors que ceux qui recherchent le plus le plaisir l'atteignent le moins et que l'agrément du repas vient du besoin de manger et non de la satiété.

XXXV. On rapporte que Timothée, personnage célèbre d'Athènes et le premier de la Cité, ayant dîné chez Platon et ayant été fort satisfait du repas, lui dit en le voyant le lendemain : « Les repas que vous donnez sont agréables non seulement sur le moment mais aussi le jour suivant. » À la vérité nous ne pouvons même pas faire un bon usage de notre intelligence, si nous avons trop mangé et trop bu. Il y a une très belle lettre de Platon aux parents de Dion ; il y écrit à peu près en ces termes : « Quand je vins ici, cette vie prétendue heureuse, remplie des festins italiens et syracusains, ne m'agréa pas du tout ; dans un régime où on se remplit l'estomac deux fois par jour et avec tout ce qui accompagne cette vie, on ne deviendra jamais sage et encore moins tempérant ; (101) il serait bien étonnant qu'on pût diriger son caractère dans ces conditions. »

## LES TENDRESSES

Comment donc une vie qui ignore la prudence et la mesure pourrait-elle être agréable ? Et par là l'on connaît l'erreur de Sardanapale, le très opulent roi de Syrie, qui ordonna de graver ces vers sur son tombeau : « Je garde avec moi tous les plaisirs des repas, tous ceux que j'ai puisés dans la satisfaction de mes passions ; mais il reste bien des choses, et fort belles, que j'abandonne. » Quelle autre inscription, dit Aristote, mettrait-on sur le tombeau non pas d'un roi mais d'un bœuf ? Il prétend que, mort, il garde avec lui des choses que, même vivant, il ne gardait pas plus longtemps qu'il n'en jouissait. (102) Pourquoi donc regretter les richesses et quand la pauvreté a-t-elle empêché d'être heureux ? Et les statues, les tableaux, les exercices du corps, s'il est quelqu'un qui y prenne plaisir, n'est-ce pas plutôt des hommes simples que ceux qui ont tout cela en abondance ? Dans notre ville il y a une grande quantité d'objets de ce genre sur la place publique ; ceux qui en possèdent en privé n'en ont pas un si grand nombre et ils les voient rarement, seulement quand ils vont dans leurs maisons de campagne ; et ils ont pourtant quelque remords quand ils se rappellent où ils les ont pris. La journée ne me suffirait pas, si je voulais soutenir la cause de la pauvreté. La chose est claire, et c'est la nature même qui nous montre tous les jours combien peu nombreuses, petites et sans valeur sont les choses dont elle a besoin.

### LES HONNEURS

XXXVI. (103) Est-ce que l'obscurité, la médiocrité ou même l'inimitié du peuple empêcheront le sage d'être heureux ? Prends garde que la confiance de la foule et la gloire qu'on y recherche comporte bien plus de gêne que de plaisir. Notre cher Démosthène était un peu léger quand il disait qu'il se plaisait au chuchotement de la femme qui, selon l'habitude grecque, lui apportait de l'eau et disait en murmurant à une autre : «C'est le fameux Démosthène.» Quoi de plus futile! Mais, dira-t-on, quel grand orateur! Oui, il avait appris à parler devant les autres mais fort peu à s'entretenir avec lui-même. (104) Il faut donc bien comprendre que la réputation auprès du peuple n'est pas à rechercher pour elle-même ni l'obscurité à redouter. «Je suis venu à Athènes, dit Démocrite, et personne ne m'y a reconnu.» Voilà un homme réfléchi et digne qui tire gloire d'être sans gloire. Les joueurs de flûte et de lyre règlent-ils leurs airs et leurs cadences à la volonté de la foule ou à la leur? Et le sage qui est en possession d'un art bien plus relevé, rechercherait non pas ce qui est le plus vrai, mais ce que veut la foule? Est-il rien de plus sot que de penser que ces ouvriers et ces barbares que tu méprises séparément valent quelque chose quand ils sont ensemble? Le sage méprisera notre ambition et notre futilité, il refusera les honneurs, même ceux que le peuple lui offre spontanément ; nous, nous ne savons pas les mépriser, avant de nous mettre à les regretter. (105) Héraclite le physicien dit à propos d'Hermodore le chef des Éphésiens : « Tous les Éphésiens devraient être punis de mort pour avoir prononcé ces mots en chassant Hermodore de la cité : Nul d'entre nous ne doit être seul à exceller ; s'il est quelqu'un de tel, qu'il s'en aille ailleurs et chez d'autres. » N'est-ce pas ce qui arrive toujours dans le peuple ? N'a-t-il pas de haine pour toute supériorité ? Et Aristide (j'aime mieux prendre des exemples chez les Grecs que chez nous) n'a-t-il pas été chassé de son pays parce qu'il était juste outre mesure ? De quels ennuis sont-ils exempts ceux qui n'ont aucun rapport avec le peuple ! Qu'y a-t-il de plus agréable que le loisir d'un lettré ? Je dis d'un lettré savant dans les sciences qui font connaître l'infinité des choses de la nature et, dans notre monde, le ciel, la terre et les mers.

L'EXIL

XXXVII. (106) Si l'on méprise les honneurs et l'argent, que reste-t-il à craindre ? L'exil, je pense, qu'on tient pour un des plus grands malheurs. Mais si ce malheur vient de ce qu'on s'est aliéné le peuple et de son inimitié, on vient de dire combien c'est là chose méprisable. Et si c'est un malheur de quitter sa patrie, les provinces sont pleines de malheureux ; car bien peu d'entre eux retournent à Rome. Mais, dira-t-on, les exilés ont leurs biens confisqués. (107) Quoi ! est-ce trop peu, tout ce que j'ai dit sur la résignation à la pauvreté ? Et si l'on recherche ce qu'est la chose même, en dehors de son renom d'ignominie, en quoi l'exil diffère-t-il d'un voyage sans fin ? Les plus connus des philosophes, Xénocrate, Crantor, Arcésilas, Lacyde, Aristote, Théophraste, Zénon, Cléanthe, Chrysippe, Antipater, Carnéade, Panétius, Clitomaque, Philon, Antiochus, Posidonius et bien d'autres ont passé ainsi leur vie entière ; ils ont quitté leur pays et n'y sont jamais rentrés. Mais, dit-on, il n'y a là pour le sage aucune note d'ignominie. Bien sûr, nous ne parlons toujours que du sage ; nous n'avons pas à consoler celui qui est justement exilé. (108) En dernier lieu ceux qui rapportent au plaisir tout ce que l'on recherche dans la vie ont une raison qui s'adapte bien à tout événement ; en quelque lieu que l'on soit, on peut vivre heureux. Le mot de Teucer peut s'appliquer à tous les cas : « Ma patrie, c'est là où je suis bien. » On demandait à Socrate de quel pays il était. « Du monde », répondit-il ; car il pensait être habitant et citoyen du monde entier. Et T. Albucius n'est-ce pas avec la plus grande égalité d'âme que, dans son exil, il faisait de la philosophie à Athènes ? Et cet accident ne lui serait même pas arrivé s'il avait obéi aux règles d'Épicure en ne se mêlant pas des affaires publiques. (109) En quoi Épicure qui vivait dans sa patrie était-il plus heureux que Métrodore de Lampsaque qui vivait à Athènes ? Platon l'emportait-il en bonheur sur Xénocrate ou Polémon sur Arcésilas ? Et quelle estime faire d'une cité qui chasse les gens de bien et les sages ? Démarate, le père de notre roi Tarquin, ne pouvant supporter la tyrannie de Cypselus, s'enfuit de Corinthe à Tarquinies où il rétablit sa fortune et eut des enfants. A-t-il été absurde en préférant la liberté dans l'exil à la servitude dans sa patrie ?

## LES ÉMOTIONS

XXXVIII. (110) Déjà l'oubli adoucit les émotions, les inquiétudes, les chagrins, et les âmes se livrent à nouveau au plaisir. Non sans raison, Épicure a osé dire que le sage possède toujours plus de biens que de maux, puisqu'il possède toujours des plaisirs. Le résultat en est bien celui que nous cherchons : le sage est toujours heureux.

## LES INFIRMITÉS

(111) — Même s'il est aveugle et sourd ? — Oui, car ce sont là des choses qu'il méprise. D'abord quels sont les plaisirs dont manque cette cécité qui fait horreur ? On soutient parfois que, si tous les autres plaisirs résident dans les organes mêmes des sens, ceux que l'on reçoit par la vue, ne consistent pas dans un plaisir appartenant aux yeux ; ce que nous sentons par le goût, l'odorat, le toucher ou l'ouïe réside dans l'organe même où se produit la sensation ; rien de pareil dans les yeux ; c'est l'âme qui reçoit les objets visibles. Or l'âme a des plaisirs d'espèces nombreuses et diverses, même si la vue n'est pas en jeu. Je parle bien entendu de l'homme savant et cultivé pour qui vivre c'est penser. Or la pensée du sage n'emploie précisément pas la vue

comme aide dans ses recherches. (112) Et si la nuit ne supprime pas le bonheur, pourquoi un jour tout semblable à la nuit le supprimerait-il ? Il y a un mot d'Antipater de Cyrène, assez indécent mais assez juste, à des jeunes femmes qui le plaignaient d'être aveugle : « Que faites-vous ? dit-il ; vous paraît-il qu'il n'y a pas de plaisir la nuit ? » Le vieil Appius qui fut aveugle pendant tant d'années, n'a jamais manqué, nous le savons d'après ses magistratures et toute son activité, de s'acquitter, malgré cet accident, de toutes ses fonctions dans sa vie privée comme dans sa vie publique. Nous savons aussi que la maison de Caïus Drusus était généralement pleine de consultants ; des gens qui ne voyaient pas clair dans leurs propres affaires prenaient comme guide un aveugle. Dans mon enfance, Cn. Aufidius, l'ancien préteur, donnait son avis au sénat ; il ne manquait d'amis qui le consultaient ; il écrivait une histoire grecque et il avait bonne vue en matière littéraire.

XXXIX. (113) Le Stoïcien Diodote vécut aveugle chez moi pendant de nombreuses années. Ce qui est à peine croyable, il s'occupait de philosophie bien plus continuellement qu'avant ; il jouait de la lyre à la manière des

Pythagoriciens; on lui lisait des livres nuit et jour, c'était là des occupations qui n'ont pas besoin des yeux. Mais il y a plus; ce qui paraît impossible sans les yeux, il s'adonnait à la géométrie, indiquant par des mots à ses élèves, d'où et dans quelle direction ils devaient tracer chaque ligne. On rapporta qu'Asclépiade, un philosophe bien connu d'Érétrie, répondit à quelqu'un qui lui demandait ce qu'il avait gagné à être aveugle : «À avoir un esclave de plus pour m'accompagner.» En effet comme une pauvreté même très grande est supportable s'il est permis de faire ce que certains Grecs font tous les jours, de même on peut facilement supporter la cécité, si l'on trouve des aides dans ses infirmités. (114) Démocrite, après avoir perdu la vue, ne pouvait plus distinguer le blanc du noir; mais il pouvait distinguer les biens et les maux, le juste et l'injuste, l'honnête et le malhonnête, l'utile et l'inutile, le grand et le petit; il pouvait vivre heureux sans percevoir la diversité des couleurs, mais non pas sans la connaissance des réalités. Il pensait d'ailleurs que la vision par les yeux faisait obstacle au regard spirituel; comme d'autres qui souvent ne voient pas ce qui est à leurs pieds, il voyageait à travers l'infini sans jamais s'arrêter à aucune limite. On raconte aussi qu'Homère était aveugle. Et pourtant ce sont des tableaux et non pas de la poésie qu'il nous fait voir. Quel pays, quel rivage, quel lieu de la Grèce, quelle espèce ou formation de combat, quelle armée, quelle manœuvre à la rame, quel mouvement d'hommes ou de bêtes n'a-t-il pas peint de façon à nous les faire voir, lui qui ne les voyait pas? Pensons-nous donc que les plaisirs de l'esprit aient jamais manqué à Homère ou à tout homme cultivé? (115) S'il n'en était pas ainsi, Anaxagore ou Démocrite lui-même auraient-ils abandonné leurs champs et leur patrimoine pour se livrer de toute leur âme à ce plaisir divin de l'instruction et de la recherche? Aussi bien le devin Tirésias, représenté par les poètes comme un sage, ne se plaint jamais de la perte de la vue dans les tableaux qu'ils font de lui. À la vérité Homère qui a représenté Polyphème comme un géant féroce, le met en conversation avec un bélier qu'il vante pour la chance qu'il a de pouvoir entrer par où il voulait et d'atteindre ce qu'il voulait. Et Homère a bien raison; car le Cyclope lui-même n'est pas plus sage que le guerrier.

XL. (116) Et quel mal y a-t-il à être sourd ?
M. Crassus était dur d'oreille ; mais il y avait
une chose plus pénible, c'est le mal qu'il
entendait dire de lui, d'ailleurs injustement à
mon avis. Les Épicuriens de chez nous ne
savent pas le grec, ni les Épicuriens grecs, le
latin : ils sont donc sourds aux paroles les uns
des autres, et nous sommes absolument sourds
aux innombrables langues que nous ne com-
prenons pas. Ils n'entendent pas, dit-on, le son
de la cithare ? Et pas davantage le grincement
de la scie quand on l'aiguise, le grognement
du porc quand on l'étrangle, ou le bruit des
vagues de la mer quand ils veulent prendre du
repos. Et si peut-être la musique leur fait plaisir, ils doivent songer d'abord que bien des
sages ont vécu heureux avant qu'elle ne fût
inventée, et puis qu'on peut éprouver un plaisir bien plus grand à lire des œuvres qu'à les
écouter lire. (117) Alors comme, il y a un instant, nous renvoyions les aveugles aux plaisirs
de l'ouïe, nous pouvons renvoyer les sourds à

ceux de la vue. En effet celui qui peut se parler à lui-même, n'aura pas besoin de converser avec un autre.

## LA DÉLIVRANCE PAR LE SUICIDE

Mais accumulons sur un seul homme tous ces accidents; supposons-le atteint dans sa vue et dans son ouïe et accablé des douleurs les plus vives. D'abord, dans la plupart des cas, elles viennent tout de suite à bout de l'homme; si par hasard elles durent et se prolongent, elles le torturent trop violemment pour qu'il y ait un motif de les supporter; et pourquoi, dieux bons! en pâtir? Le port est là tout près, puisque la mort est un asile éternel où tout sentiment disparaît. Théodore dit à Lysimaque qui le menaçait de mort : « Voilà vraiment un grand résultat si tu atteins au pouvoir d'une mouche venimeuse. » (118) Paul-Émile dit à Persée qui le suppliait de ne pas être mené à son triomphe : « La chose est en ton pouvoir. » Nous avons souvent parlé de la mort, d'abord dans le premier entretien qui portait sur la mort elle-même, puis dans la suite quand nous traitions de la douleur ; si l'on se rappelle ce que j'ai dit, il n'y a pas de danger qu'on cesse de penser que la mort ou bien est souhaitable ou du moins n'est pas à craindre.

CONCLUSION

XLI. Dans la vie, il faut, je crois, observer la loi qui est gardée dans les festins des Grecs : « Qu'il boive ou qu'il s'en aille ! » C'est raisonnable : que l'on jouisse comme les autres et avec eux du plaisir de boire ; ou bien que l'homme sobre ne se heurte pas à la violence des ivrognes et qu'il s'en aille d'abord ; de même quitte, en prenant la fuite, les injustices du sort si tu ne peux les supporter. C'est ce que dit Épicure et aussi Hiéronyme dans les mêmes termes. (119) Si des philosophes qui pensent que la vertu n'a aucune force par elle-même, que tout ce qu'on appelle honnête ou louable est une chose creuse, parée d'un mot sonore et vide, croient pourtant que le sage est toujours heureux, que doivent faire à ton avis des philosophes issus de Socrate et de Platon ? Certains d'entre eux disent qu'il y a dans les biens de l'âme une telle supériorité qu'ils effacent les biens du corps et les biens extérieurs. (120) D'autres disent que ces deux derniers ne sont pas même des biens. Carnéade, en arbitre officieux, jugeait ainsi cette controverse : puisque les Stoïciens appellent des *avantages* ce que les Péripatéticiens nomment des *biens*, puisque les Péripatéticiens n'attribuent pas plus de valeur que les Stoïciens à la richesse, à la bonne santé et autres choses du même genre ; quand on pèse les valeurs réelles et non les mots, il n'y a, disait Carnéade, nul motif de désaccord entre eux. Donc, que les philosophes des autres écoles voient eux-mêmes comment ils peuvent démontrer ce point ; il m'est agréable en tout cas de voir professer, par la voix des philosophes, une opinion valable au sujet de la faculté qu'ont les sages d'avoir une vie toujours heureuse. (121) Mais puisqu'il nous faut partir ce matin, rappelons-nous dans leur ensemble le sujet des discussions de ces cinq journées. Je pense que je les rédigerai aussi par écrit (quel meilleur usage puis-je faire de mes loisirs, quelle qu'en soit la cause), et j'adresserai encore ces cinq autres livres à mon ami Brutus ; c'est lui qui m'a non seulement poussé à des écrits philosophiques, mais qui m'a harcelé à ce sujet. De quel profit seront-ils pour les autres, je ne puis guère le dire ; mais je n'aurai pu trouver nul autre soulagement aux douleurs amères et diverses et aux souffrances qui se sont répandues sur moi de toutes parts.

# COLLECTION FOLIO 2€

*Composition Bussière*
*Impression Novoprint*
*Barcelone, le 24 août 2013*
*Dépôt légal : août 2013*
*1ᵉʳ dépôt légal dans la collection : décembre 2007*

ISBN 978-2-07-034944-9./Imprimé en Espagne.

**256904**